Queridos amigos,
bienvenidos al mundo de

Geronimo Stilton

LA REDACCIÓN DE «EL ECO DEL ROEDOR»

1. Clarinda Tranchete
2. Dulcita Porciones
3. Ratonisa Rodorete
4. Soja Ratonucho
5. Quesita de la Pampa
6. Choco Ratina
7. Rati Ratónez
8. Ratonita Papafrita
9. Pina Ratonel
10. Torcuato Revoltoso
11. Val Kashmir
12. Trampita Stilton
13. Doli Pistones
14. Zapinia Zapeo
15. Merenguita Gingermouse
16. Pequeño Tao
17. Baby Tao
18. Gogo Go
19. Ratibeto de Bufandis
20. Tea Stilton
21. Erratonila Total
22. Geronimo Stilton
23. Pinky Pick
24. Yaya Kashmir
25. Ratina Cha Cha
26. Benjamín Stilton
27. Ratonauta Ratonítez
28. Ratola Ratonítez
29. Ratonila Von Draken
30. Tina Kashmir
31. Blasco Tabasco
32. Tofina Sakarina
33. Ratino Rateras
34. Larry Keys
35. Mac Mouse

GERONIMO STILTON
RATÓN INTELECTUAL,
DIRECTOR DE *EL ECO DEL ROEDOR*

TEA STILTON
AVENTURERA Y DECIDIDA,
ENVIADA ESPECIAL DE *EL ECO DEL ROEDOR*

TRAMPITA STILTON
TRAVIESO Y BURLÓN,
PRIMO DE GERONIMO

BENJAMÍN STILTON
SIMPÁTICO Y AFECTUOSO,
SOBRINO DE GERONIMO

Geronimo Stilton

EL CASTILLO DE ZAMPACHICHA MIAUMIAU

WITHDRAWN

DESTINO

Obra editada en colaboración con Editorial Planeta – España

Título original: *Il castello di Zampaciccia Zanzamiao*
Traducción de Manuel Manzano

Textos de Geronimo Stilton
Ilustraciones de Larry Keys y Ratterto Rattonchi
Diseño gráfico de Merenguita Gingermouse
Portada de Larry Keys

© 2011, Editorial Planeta Mexicana, S.A. de C.V.
Bajo el sello editorial DESTINO M.R.
Avenida Presidente Masarik núm. 111, 2o. piso
Colonia Chapultepec Morales
C.P. 11570 México, D.F.
www.editorialplaneta.com.mx

Primera edición impresa en España: octubre de 2004
ISBN: 978-84-08-05283-8

Primera edición impresa en México: noviembre de 2011
ISBN: 978-607-07-0933-3

Impreso en los talleres de Litográfica Cozuga, S.A. de C.V.
Av. Tlatilco núm. 78, colonia Tlatilco, México, D.F.
Impreso en México □ *Printed in Mexico*

ERA UNA BRUMOSA NOCHE DE OCTUBRE...

Era una brumosa noche de octubre...

Ah, ¡cómo me habría gustado estar en mi casa!

Por el contrario, pobre de mí, me hallaba en medio de un **BOSQUE OSCURO**...

¿Quieren saber por qué? ¡Ahora se los cuento!

Antes que nada voy a presentarme: mi nombre es Stilton, *Geronimo Stilton*. Dirijo el diario con mayor difusión de la Isla de los Ratones, *El Eco del Roedor*.

Había partido de Ratonia para visitar a mi tía

Lupa, de vacaciones en Pico Apestoso. Para encontrarme con ella debía atravesar el Bosque Oscuro, una zona de maleza espesa y enmarañadísima en el Valle de los Vampiros Vanidosos. Ya hacía mucho rato que había dejado atrás el Paso del Gato Agotado cuando me topé con un denso, densísimo banco de **NIEBLA**. ¡No se veía nada más allá de mis narices!

Intenté orientarme con el mapa, pero cuando llegué a la Colina de la Lumbre Apagada, ¡¡¡comprendí que estaba irremediablemente perdido!!! De hecho, la carretera empezaba a estrecharse cada vez más hasta convertirse en un sendero de tierra.

Intenté llamar a mi hermana Tea, pero el celular parecía no funcionar.

Ah, ¡cómo me habría gustado estar en mi casa!

Seguí avanzando durante media hora en medio de la niebla cada vez más espesa, hasta que me encontré ante un cruce de caminos. En la niebla, como por arte de magia, entreví un cartel negro:

Hacia el castillo Miaumiau

Asombrado, lo comprobé en el mapa.

—¡Por mil quesos de bola! ¡Qué extraño! ¡Aquí no sale ningún **castillo**!

Doblé el mapa y me lo guardé en el bolsillo del abrigo.

Decidí dirigirme a la izquierda, hacia el castillo, para pedir información.

Pero, de repente, el cielo fue rasgado por un **RAYO** que cayó muy cerca, ¡cerquísima de mí! El rayo iluminó la silueta de un castillo en ruinas, con torres afiladas como cuchillos. En aquel instante, justo en aquel instante, ¡el coche se detuvo! ¡Nunca debe-

El rayo iluminó la silueta de un castillo en ruinas...

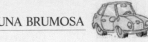

ría haberme confiado del coche que me había prestado mi primo Trampita! Descendí del vehículo sin saber qué hacer. Empezó a llover y en seguida tuve los bigotes CHORREANDO.

¡Y qué frío hacía!

Me sequé los bigotes, indeciso. Después me levanté el cuello del abrigo y emprendí la marcha a lo largo del sendero de piedra que llevaba al castillo.

Soplaba un viento gélido que elevaba en el aire las hojas secas del otoño...

El sendero estaba tapizado de ramas secas que crujían bajo mis patas. ¡Quién sabe cuánto tiempo hacía que nadie pasaba por allí! Quizá el castillo estaba deshabitado...

Un gato rampante de color rojo fuego

En torno al castillo se extendía un bosque enmarañado de ramas retorcidas. Las paredes estaban formadas por gruesas piedras **CUADRADAS** ennegrecidas por el tiempo; aquí y allí se abrían ventanitas protegidas por **GRUESOS** barrotes de hierro. ¡Los vidrios del castillo eran de color rojo sangre! En la almena más alta vi encenderse una luz, que en la oscuridad pareció el ojo refulgente de un monstruo nocturno.

Ah, ¡cómo me habría gustado estar en mi casa!

Sobre el tejado ondeaba un estandarte con un **gato rampante de color rojo fuego**...

Se me erizó el pelaje de miedo.

Sobre el tejado ondeaba un estandarte...

Me di cuenta de que ante la puerta se erguían dos estatuas de felinos rampantes con las fauces abiertas. En una de ellas había un cartel con la leyenda:

Si a la puerta quieres llamar... ¡en la boca del gato el dedo tienes que insertar!

La observé con detenimiento y sí, ¡dentro de las fauces del gato había un botón amarillo! Con un escalofrío, metí el dedo en la boca de la estatua y toqué el timbre.

¡¡¡Miauuuuu!!!

Un tremendo *maullido* me taladró los tímpanos.

Eché a correr, aterrorizado... y me escondí detrás de unos arbustos.

¿Dónde estaba el gato que había maullado? ¡Tenía que ser **enorme**!

Unos minutos después comprendí: ¡el maullido estaba grabado! ¡Era el sonido del timbre!

Me acerqué de nuevo a la puerta.

Ésta se abrió como por arte de magia.

Ejem, no tenía ningunas ganas, pero ningunas, de entrar...

En aquel preciso instante, un **RAYO** cayó a mi lado.

No me atrevía a entrar, pero no podía quedarme fuera.

Me armé de valor y empujé la puerta.

¡Qué miedo, qué terror, qué susto!...

Ah, ¡cómo me habría gustado estar en mi casa!

¡YO LES TENGO CARIÑO A MIS BIGOTES!

Con los dientes castañeándome de terror, me vi en un vestíbulo oscuro y **TENEBROSO**. De repente un rayo cayó justo al lado del castillo, y su luz iluminó de rojo todas las ventanas, que relampaguearon en la oscu-

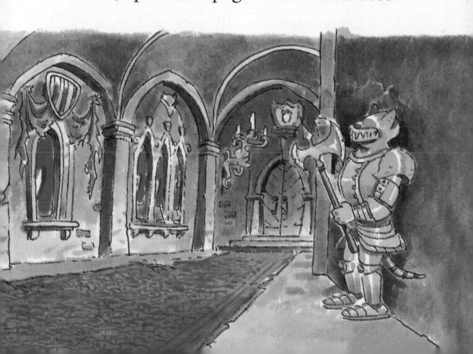

ridad como ojos de felinos hambrientos. Yo me sobresalté.

—¡Ahhh! ¡Qué miedo!

Me dispuse a recorrer el sombrío y estrecho pasillo que se abría frente a mí.

Me encontré frente a una puerta de doble hoja, la abrí y entré murmurando:

—¿Permiso? ¿Hay alguien ahí?

Ante mí se extendía un inmenso salón de paredes recubiertas de madera tallada. Como el resto del castillo, el salón necesitaba una buena restauración. El yeso se *caía* a pedazos, los muebles antiguos estaban cubiertos de polvo y telarañas...

A pesar del deterioro provocado por el tiempo, el techo, del siglo XVIII, se mantenía espléndidamente pintado con frescos de escenas de felinos con armadura. ¡Me alegré de no haber vivido en aquella época! Para mi gusto, ¡había demasiados gatos por allí!

Me fijé en un tapiz que tenía bordada una leyenda:

Este castillo pertenece al noble linaje de los Marqueses de Miaumiau.

¿Miaumiau? Me recordaba algo... ¡Ah, ya! Justo en 1752 se libró la famosa batalla de Ratoleón, que puso fin a la Gran Guerra entre los Gatos y los Roedores. Como todo el mundo sabe, vencieron los Roedores, por eso ahora ya no había gatos en la isla...

Me acerqué a examinar la chimenea y advertí que tenía grabada una frase:

EL ROEDOR
QUE EN EL CASTILLO
HAYA ENTRADO,
PRONTO COMPRENDERÁ
QUE SE HA EQUIVOCADO,
HABRÁ COMETIDO
UN ENORME ERROR
Y LE CONVIENE
REZAR CON FERVOR...
¡¡¡MIAUUU!!!

Temblando, di un paso atrás... Así fui a topar contra el librero que se encontraba justo detrás de mí. Un pesado volumen encuadernado en cuero me cayó sobre la pata derecha.

—¡¡¡Aaayyyy!!!

—¡¡¡Aaayyyy!!!—exclamé saltando sobre la pata sana.

Tropecé con la alfombra y así me precipité de cabeza en la chimenea repleta de cenizas.

Para intentar salir me agarré al borde de la chimenea con la pata derecha, pero arrastré un tapete sobre el que descansaba una enorme y **PESADA** bandeja de plata que me cayó sobre la oreja izquierda.

A punto de desmayarme... rodé fuera de la chimenea y a duras penas pude levantarme...

Pero, pobre de mí, ¡me apoyé por error en la armadura que estaba al lado de la chimenea! La armadura se cayó al suelo. Una larga hacha *afilada* me rozó la nariz y casi me afeitó a rape los bigotes.

¡YO LES TENGO CARIÑO A MIS BIGOTES!

Me incorporé trastornado, pero apenas estuve de pie clavé la mirada en el espejo que estaba enfrente de la chimenea.

EN LA PENUMBRA, VI UN HORRENDO FANTASMA DE NARIZ GRIS...

¡¡¡Lancé un chillido de terror!!!

Después me fijé mejor y balbuceé:

—Pero... ejem, pero ¡si ése soy yo!

Pensé que era un bobo.

Ah, ¡cómo me habría gustado estar en mi casa!

HUESOS DE RATÓN
Y ESQUELETOS DE RATA

Salí del salón, recorrí el pasillo y descubrí una puerta de madera en la que estaba escrito:

COCINA

Entré. La cocina del castillo era inmensa.

El piso era de grandes losas de piedra. Las paredes estaban llenas de clavos de los que colgaban utensilios de cocina.

Platos, cubiertos, cacerolas, ollas...

Abrí una puerta, bajé algunos escalones y me encontré en una habitación subterránea: la despensa.

Había pocas provisiones: algunos frascos con verduras en vinagre, unos míseros salchichones que pendían del techo... Pero me reanimé al descubrir un perfumado *queso curado*.

¡El castillo estaba habitado! Pero ¿por quién? Misterio...

Al fondo de aquella cocina había una gran chimenea, tan grande que se podía entrar en ella. En el interior del hogar apagado colgaba un caldero de cobre recubierto de hollín, en el que había grabado un gato RAMPANTE. Me acerqué y comprobé que dentro del polvoriento caldero había un objeto extraño, de color blanquecino... Acerqué la nariz para ver mejor, pero de repente lancé un grito:

—¡Socorrooooo!

Era un **hueso**..., ¡un hueso de ratón! Miré a mi alrededor, aterrorizado.

¿Adónde había ido a parar? Decidí huir y abrí la primera puerta que me encontré de frente, pero en seguida comprendí que no era una puerta, sino un armario: y dentro estaba ¡el ESQUELETO DE UNA RATA! Ah, ¡cómo me habría gustado estar en mi casa!

... ¡comprendí que no era una puerta, sino un armario!

¡TE COMERÉ CON PAPAS!

Estremeciéndome cerré de golpe el armario y me precipité fuera de la cocina.

Ya se habrán dado cuenta: no soy un ratón demasiado **VALIENTE**.

Me refugié en la biblioteca del castillo con el corazón en un puño.

Oí un extraño crujido, *creeeec...*

Provenía de un estante.

Rápidamente fui a ver qué era... ¡¡¡y me encontré de frente con el FANTASMA de un felino!!!

El fantasma avanzó arrastrando las cadenas, que resonaron lúgubres sobre el piso.

Oí cómo maullaba:

¡Miauuuuuuu!
¡Soy el fantasma de Zamparratas
y te comeré con papas!
¡Despreciable roedor,
morirás de puro terror!
¡Te pisotearé como a una polilla,
y no quedará de ti ni una sola costilla!

Oí de nuevo el crujido: *CREEEEEEC...*
Y el fantasma desapareció como por
arte de magia.
Ah, ¡cómo me habría
gustado estar en
mi casa!

¡GERONIMO, ERES EL MISMO HISTÉRICO DE SIEMPRE!

Me precipité hacia la puerta de salida y corrí afuera gritando:

—¡**SOCORROOOOOOO**!

Grité a todo pulmón pero, pobre de mí, no había nadie que pudiera ayudarme.

Estaba solo, solo en el bosque...

Ah, ¡cómo me habría gustado estar en mi casa!

En ese instante sonó mi teléfono.

Lo agarré con la pata **TEMBLOROSA** y grité:

—¡Aaaahhh! ¿Sí? ¿Quién es?

Mi hermana Tea, sin dar señal de sorpresa alguna, me preguntó:

—¿Geronimo? ¿Dónde estás? ¿Qué sucede?

Yo balbuceé:

—El **hueso**, es decir, el **castillo**, ejem, la **cocina**, no, el **esqueleto**, bueno, la **armadura**, por culpa de la **niebla**, vaya, del **cartel**, pero he visto una luz en la **ventana**, no hay nadie, y entonces como el coche de Trampita se paró, ¡ahhh, tengo miedo, socorro, ven a salvarme!

Mi hermana (que se jacta de no perder nunca la 𝕾𝖆𝖓𝖌𝖗𝖊 𝖋𝖗í𝖆, ni siquiera en los momentos de emergencia) me ordenó:

—¡Geronimo! ¡Eres el mismo histérico de siempre! ¡Primero dime dónde estás!

Yo murmuré:

—Ejem, no lo sé, estoy en medio de un bosque, más allá del Paso del Gato Agotado, pero me he desviado de la carretera..., entré a un castillo y no hay nadie...

Tea me regañó:

—¡Cuánto cuento armas! Si estás en un castillo, entonces busca una cama, arrúllate y duérmete. Y mañana por la mañana, cuando se haya despejado la niebla, vuelve a la carretera principal... ¡Simple!, ¿no?

Yo tartamudeé:

—¡El coche no funciona! Y ¡no quiero dormir aquí! ¡El castillo está deshabitado! ¡Tengo miedo! ¡Aquí está **todo oscuro**!

Ella protestó:

—Oscuro, oscuro..., ¿y para qué quieres que haya luz si te vas a ir a dormir? Vamos, no seas tan miedoso. ¿Tienes algo para comer?

—Ejem, sí, hay **queso**...

—¿También hay queso? Pues come un poco, entonces. Ya verás cómo en seguida te sientes mejor con un poco de queso en el estómago. ¿Cómo es el queso, curado o fresco?

—Ejem, curado, creo —murmuré.

—¿Ves? ¡Queso curado! ¿Qué más quieres?

Un precioso castillo,

queso curado...

Yo grité:

—Pero ¡hay un **hueso** de ratón en la cocina! ¡Y también un esqueleto de rata!

Ella exclamó:

—Hueso..., esqueleto..., qué cuento armas..., será algún huesecito de pollo que ha quedado por ahí. ¡Vamos, vamos, que te conozco, miedoso! Ahora vete a dormir, que yo quiero acabar de bañarme.

Oí un chapoteo mientras Tea se movía en la tina.

Yo grité:

—Pero ¡tengo miedo!

Entonces oí un ruido proveniente del salón y bajé la voz:

—¡Tengo miedo! Ejem, no me lo vas a creer pero, esteee..., ¡acabo de ver un fantasma!

Tea gritó:

—¡No te oigo! ¡Habla más alto!

Yo murmuré:

—¡Digo que vi un fantasma!

Ella cambió el tono de voz inmediatamente:

—¿FANTASMA? ¿Has dicho FANTASMA

Yo susurré, exasperado:

—Sí, he dicho fantasma...

Ella continuó:

—Pero ¿un fantasma de verdad o una de esas tonterías para turistas?

Yo murmuré:

—Ejem, un fantasma de verdad, de verdad de la buena, y da un miedo...

Ella, sin embargo, insistió:

—Pero ¿estás seguro? ¿Segurísimo?

Yo repetí, impaciente:

—¡Claro que estoy seguro! ¡Lo he visto! ¡Y cómo! ¡Lo vi con mis propios ojos, palabra de roedor!

Ella refunfuñó:

—¿Llevabas puestos los lentes?

Yo murmuré:

—¡Síííí, los llevaba puestos!

Ella gritó tanto que tuve que alejarme el teléfono de la oreja:

—¡Pues entonces podrías haberlo dicho antes, **TONTO DE REMATE**! Si puedo conseguir una exclusiva de un fantasma, agarro la cámara fotográfica y voy... ¡rápido! **¡RAPIDÍSIMO!** Así sacaré unas fotos, sólo

necesitaré una edición especial para la próxima semana. ¡Verás cuántas copias del periódico venderemos! ¡Adiós!

Y me colgó el teléfono en las narices.

Yo me quedé un instante en silencio, todavía con el teléfono en la pata.

De repente, un pensamiento me golpeó la cabeza.

—Por mil quesos de bola... Hoy es 31 de octubre. ¡Hoy es **Halloween**, Noche de Brujas!

Ah, ¡cómo me habría gustado estar en mi casa!

LOS OJOS DEL GATO

Intenté volver a llamar a Tea, pero era imposible comunicarse.

¿Qué hacer?

Decidí seguir el consejo de mi hermana: irme a dormir.

Me armé de valor y subí lentamente los crujientes escalones que llevaban al piso superior.

Había encontrado una vela en el vestíbulo, la encendí y, a la trémula luz de la llama, ascendí el resto de los escalones...

Pasé al lado de una serie de grandes marcos dorados con los retratos de la familia Miaumiau.

... a la trémula luz de la llama,

ascendí el resto de los crujientes escalones...

Fue justo cuando pasaba por delante de Zamparratas Miaumiau cuando tuve la impresión de que alguien me estaba observando.

Un escalofrío me puso el **PELAJE** de gallina.

Volteé de inmediato: ¡nada!

Subí un poco más. Sin embargo...

Volteé de nuevo: ¡esta vez estaba seguro de que me espiaban!

Vi brillar los ojos del retrato de Zamparratas como si fueran de verdad.

Sí, ahora estaba seguro: ¡me seguían mientras subía la escalera! Me fijé bien en los ojos del retrato: ¡estaban agujereados!

¡¡¡Alguien me estaba observando!!!

Me lancé a través del oscuro corredor y abrí la primera puerta que encontré.

La cerré a mis espaldas, casi sin aliento.

La cerré a mis espaldas, casi sin aliento.

EL NOBLE LINAJE DE LOS MIAUMIAU

¡Qué miedo, qué terror, qué susto!...

Miré a mi alrededor y, a la luz de la vela, observé la habitación en la que me hallaba. Estaba toda pintada de negro...

La estancia estaba llena de telarañas que parecían tener siglos de antigüedad. En el centro distinguí una enorme cama con dosel completamente cubierta de cortinas y paños negros agujereados por las polillas. Me fijé que en la cabecera había un nombre grabado: *Zamparratas Miaumiau.*

A la izquierda se encontraba un gran armario, y frente a la cama, una jarra de porcelana para lavarse con las iniciales *L.M.* También había una chimenea de mármol. Me percaté de que la habitación comunicaba con un laboratorio lleno de libros de **magía**. Cerré la puerta con llave y después apoyé la cómoda contra ella para mayor seguridad. Me tendí en la cama. ¿Podría pegar el ojo esa noche? Para distraerme, tomé un libro al azar del librero y empecé a leer.

Se titulaba: **HISTORIA VERDADERA DEL ANTIGUO LINAJE DE LOS MARQUESES DE MIAUMIAU, O BIEN LOS SECRETOS DE UNA NOBLE FAMILIA FELINA EXPLICADA HASTA EL MÁS MÍNIMO, ESCANDALOSO E INDECOROSO DETALLE.** Hojeando el libro reconocí a los personajes cuyos retratos colgaban en la escalera.

¡Ayayay!

Empecé a leer, curioso...

MARQUÉS ZAMPABOLLOS
Fundador de la dinastía
de los Miaumiau.

**MARQUESA MADRE
ZAMPACHICHA MIAUMIAU**
Célebre era su mantón de
pelajes de ratón almizclado
(que viste en el retrato). Tenía un carácter tremendo y
gobernaba a hijos, nietos
y bisnietos con pata dura.

MARQUÉS ZAMPARRATAS MIAUMIAU
Era manco. Combatió valerosamente en la batalla de Ratones y Felinos. De él se dice que era capaz de olfatear a un
roedor a un kilómetro de distancia y que llevaba colgado al
cuello un collar de uñas de ratón a modo de amuleto. Se-
gún la leyenda, fue experto en magia, y aún hoy su fantasma se pasea por el castillo de la familia…

MARQUÉS ZAMPATORTAS MIAUMIAU

Llamado «el Ahorrativo», era célebre por su tacañería. Restauró el castillo a costa de los parientes.

MARQUESITA ZAMPARROSA MIAUMIAU

Fascinante gatita, se casó con el barón Felinino, de quien tuvo tres hijos: Felineto, Felineta y Felinoto Miaumiau, con los que posó para el retrato.

MARQUÉS ZAMPAMOSCAS MIAUMIAU

Bisnieto de Zampachicha Miaumiau, era célebre por su elegancia. Adoraba las apuestas y dilapidó la fortuna familiar.

VELOZ COMO UN RAYO

Apenas me había adormilado cuando oí un ruido proveniente del laboratorio de magia.

CREEEEC...

—¿Quién es? ¿Quién anda por ahí? —pregunté con el corazón en la garganta.

Como respuesta oí una pérfida risa felina.

—Miauuuu... —maulló alguien al otro lado.

¡El FANTASMA!

—¡Socorrooooooo! —grité aterrorizado.

Veloz como un rayo, me levanté y abrí la puerta, me deslicé fuera de la habitación y corrí a lo largo del oscuro pasillo.

Con el corazón en la garganta, me precipité escaleras abajo hasta el vestíbulo.

De repente, un rayo cayó cerquísima del castillo. Los vidrios rojos se iluminaron en la oscuridad. Una silueta **oscura** apareció fuera y se recortó al contraluz frente a una ventana,

cerrándome el paso. Entonces me dio un pellizco en la cola y gritó: **¡Buh!**

Yo grité:

—¡Socorroooooooo!

¡Qué miedo, qué terror, qué susto!

ENTONCES, NATURALMENTE, ME DESMAYÉÉÉÉÉÉÉÉÉ

me dio un pellizco en la cola y también me dijo **¡Buh!**

Oí a alguien que se reía y volteé. Era mi primo Trampita, que se burlaba con desdén:

—Primo, pero ¿llevabas puestos los lentes? ¡Fui yo quien te pellizcó la cola, no el fantasma!

Me levanté furibundo e intenté atraparlo.

Él se fue dando saltitos, riéndose:

—Caíste, caíste, caíste...

Caíste, caíste, caíste...

¡CAÍSTE, CAÍSTE!

Me desperté porque alguien estaba dándome bofetadas.

Murmuré:

—El... el **FANTASMA**..., el marqués Zamparratas...

Abrí los ojos y me encontré frente a la nariz de mi hermana Tea.

Ella exclamó con los bigotes que le **temblaban** de curiosidad:

—Entonces ¿lo viste? ¿Eh? ¿Lo viste? ¿Es de verdad?

Yo balbuceé:

—Sí, claro que lo he visto,

¡EL ÚNICO MIEDOSO ERES TÚ, GERONIMO!

En aquel instante alguien me agarró del saco. Volteé: era Benjamín, mi sobrinito **preferido**.

—¡Tío Geronimo! ¡Qué contento estoy de verte!

Yo regañé a mi hermana:

—¡No deberías haberlo traído, Benjamín es demasiado pequeño, podría asustarse!

Mi primo me guiñó un ojo:

—Qué va, no tiene miedo de nada. ¡El único **miedoso** de la familia eres tú, Geronimo!

Mi hermana estaba furiosa.

—Entonces, Geronimo, ¿dónde está el fan-

tasma? Mira que no tengo tiempo que perder, ¿sabes?

Yo protesté:

—¡Te juro que lo he visto con mis propios ojos! Después, de repente, ¡ha desaparecido!

Trampita se rió:

—¿Lo has visto con tus ojos... o con tus *cuatro ojos*? ¿Llevabas los lentes puestos, Geronimo? ¿Eh, los llevabas? ¿Los llevabas o no? ¿Eh? ¡Confiesa!

Entonces, para hacerse el gracioso, mi primo me dio otro pellizco en la cola.

Yo intenté atraparlo, pero él me hizo una **burla** y corrió hacia la biblioteca.

¡Lo he visto con mis propios ojos!

EL CLAVO MISTERIOSO

Decidimos explorar el interior del castillo.

—Humm, si de verdad hay un fantasma (como asegura Geronimo), entonces lo atraparemos... —dijo Tea.

Yo me apresuré a confirmarlo:

—Pues ¡claro que hay un fantasma! ¡Lo he visto perfectamente!

Tea preparó la cámara fotográfica y exclamó:

—¿Dónde está el ESQUELETO DE RATA del que me hablaste por teléfono? Quizá le tome alguna foto, sólo por curiosidad...

Yo los guié hacia la cocina y miré nerviosamente dentro de la olla.

—El hueso de ratón estaba aquí...

Pero allí ya no había nada... ¡Qué extraño! Corrí hacia el armario y lo abrí.

¡El **ESQUELETO** había desaparecido!

Yo me quedé pasmado.

—Pero... pero... les aseguro que... lo he visto, lo he visto perfectamente..., estaba justo aquí...

Tea protestó:

—¡Uff, eres el Gerry de siempre!

Trampita se rió:

—Me apuesto la cola a que también has visto un trozo de queso volador..., a que sí lo viste,

¿eh, primo? ¿Alguna vez has visto un pedazo de queso volador? Y dime, ¿era queso con agujeros, **queso de bola** o quizá **roquefort**? Me interesa mucho, ¿sabes?...

Estaba a punto de responderle alguna grosería, pero mi sobrino me tiró de la manga y me hizo un gesto sugiriéndome que no le hiciera caso.

Me señaló un clavo en la parte superior del armario.

—Humm, ¿ya viste, tío Geronimo? Un clavo..., quizá ahí había algo colgado de verdad... hasta hace poco...

Entonces Benjamín, con aire misterioso, se puso a tomar notas en su cuaderno.

¡ERES UN TONTO SUPERTONTO!

Yo no estaba dispuesto a explorar el castillo.

—Ejem, adelántense ustedes..., ¡yo los espero aquí! —propuse.

Tea exclamó:

—¡Ah, no, demasiado cómodo, hermanito! ¿Primero me haces venir hasta aquí prometiéndome un esqueleto y un fantasma y luego te desentiendes de todo? ¡¡¡Quiero ver ese fantasma ahora mismo!!! ¡Quiero una exclusiva! ¿Entiendes?

Después empezó a dar órdenes:

—¡Yo reviso la cocina, Trampita el salón, Benjamín la armería y Geronimo la biblioteca!

Suspiré. Mientras los demás se alejaban, yo

me dirigí abatido, bueno, muy abatido, hacia la biblioteca.

Justo al dar vuelta, en la esquina me encontré de narices con un fantasma que agitaba su sábana gritando:

—¡Aaaaaaaaaaaaaaah! Soy el fantasma Quesillo..., ¡si te atrapo me hago contigo un bocadillo!

—El fa... fa... fantasma... —tartamudeé con la cabeza dándome vueltas **DEL SUSTO**.

Entonces oí a alguien que se reía: era Trampita, que salió triunfante por debajo de la sábana.

—¡Caíste, caíste, caíste!... Has caído otra vez, ¿eh? ¡¡¡Sí que eres un tonto supertonto, Geronimo!!!

Con los bigotes que me temblaban de la rabia, corrí tras él para decirle cuatro, es más, ocho, o quizá dieciséis cositas, pero él se escapó de la biblioteca cerrando la puerta de golpe.

Yo decidí dejarlo irse.

Me dediqué a explorar la biblioteca del castillo: ¡cuántos libros! ¡Y qué interesantes!

Había muchos libros sobre la historia de los gatos.

¡Ah, me alegraba tanto de no haber vivido en los tiempos en que nuestra isla estaba aún dominada por los felinos!

Felino de la época romana

Felino bárbaro

Tomé otro volumen al azar: se titulaba... *Los secretos de la caza del ratón. Desde las más simples ratoneras hasta la guerra psicológica, todos los trucos y estrategias para atrapar roedores, que son listos, listísimos...*

Temblando, dejé el libro en su sitio.

Felino del Medievo

Felino del siglo XVIII

Tomé otro volumen al azar...

Abrí otro. *Recetas rápidas y económicas para cocinar ratones.* Se me erizó el pelaje...

Brocheta de ratón agridulce

Sopa de médula de ratón

Ratón asado al romero con papas

Ratón a la pimienta de Cayena

Pastel supremo de chocolate con colitas de ratón confitadas

El misterio del fantasma desaparecido

En aquel instante oí un ruido tras el estante de los libros de historia. Después un maullido:

—¡¡¡Miauuuuuuuuuuuuuuuu

Sin ni siquiera levantar la cabeza, exclamé:

—¡Trampita, basta de bromas!

El maullido prosiguió:

—¡¡¡Miauuuuuuu!!! ¡¡¡nnnnnn

Yo refunfuñé:

—¡Basta de una vez! ¡Todo tiene un límite!

Oí un crujido: creeeec...

Alcé la cabeza murmurando:

—Trampita, no tienes ninguna gra...

Salté del sillón y exclamé:

—¡Socorrooooo! ¡¡¡El fantasma está aquí!!!

Lo miré con detenimiento: vestía una armadura de metal, tenía una cabeza de felino y era manco... Entonces ¡era el fantasma de Zamparratas!

Era completamente BLANCO, ¡de pies a cabeza! Yo también estaba blanco, pero ¡de miedo! ¡Estaba pálido como un queso fresco!

Ah, ¡cómo me habría gustado estar en mi casa!

De repente, el fantasma desapareció por detrás del estante de los libros de historia.

Oí el crujido de nuevo:

CREEEEC...

¡¡¡MIRA QUE TE ARRANCO LOS BIGOTES!!!

Corrí al pasillo gritando:

—¡¡¡Socoorroooo!!! ¡Hay un faan... fantasma!

Una pata se me posó en el hombro y exclamé:

—¡¡¡¡¡¡¡Aaaaaahhhh!!!!!!!

Era mi hermana Tea, que gritó, con los bigotes vibrándole de excitación:

—¿Dónde está? ¿Lo has visto? ¿¿¿Eh???

vibrándole vibrándole vibrándole vibrándole vibrándole vibrándole vibrándole vibrándole vibrándole vibrándole

Yo balbucí, trastornado:

—¡El fantasma!

Ella:

—Sí, pero ¿dónde?

Yo:

—Completamente BLANCO..., hasta los bigotes...

Ella:

—¿¿Dónde??

Yo:

—Manco...

Ella:

—¿¿¿Dóndeeee???

Yo:

—Con armadura...

Ella:

—¡¡¡Geronimooo!!! ¿¿¿Dónde lo has visto???

¿dónde? ¿dónde? ¿¿¿dónde???

Yo me recuperé y murmuré:

—¿Que dónde lo he visto? Ejem, en la biblioteca..., tras el estante de los libros de historia...

Ella empuñó la cámara fotográfica y salió corriendo. Yo la seguí, pero cuando llegamos a la biblioteca ¡¡¡no encontramos nada!!!

Tea estaba furibunda.

—¡Geronimo! ¡No me mientas! ¿Lo has visto

realmente? ¿Era un fantasma de verdad?

Yo insistí:

—¡Claro que lo he visto! ¡Vaya si lo he visto!

Oí unas **risitas**. Era Trampita:

—¡Lo he visto, lo he visto, se dice rápido! Pero ¿cómo lo has visto, con los lentes puestos o sin ellos? Y, además, perdona si te lo pregunto, pero con lentes... ¿ves bien o no? Por ejemplo: ¿cuántos dedos hay aquí, eh, cuántos?

—¡Tres! —exclamé yo, exasperado—. Veo perfectamente, ¿sabes? ¡Con los lentes puestos veo tanto como tú!

—¡Bah! ¡Si tú lo dices!... —rió él—. Yo, sin embargo, no voy por ahí diciendo que veo **FANTASMAS**..., quizá has visto una sábana tendida secándose..., o tal vez un mantel..., o una toalla..., o quizá un pañuelito...

Tea, mientras, exclamaba enfurecida:

—¡Geronimoooo! ¡Si te atreves a hacerme otra bromita como esta, te arranco los bigotes!

Yo protesté:

—Pero ¡si no estoy bromeando!

Benjamín me defendió:

—¡Si tío Geronimo dice que lo ha visto, es que lo ha **VISTO**!

Pero nadie le hizo caso.

Entonces Benjamín se puso a examinar el suelo de la biblioteca.

—¿Qué hay, Benjamín? ¿Has encontrado algo?

Él señaló unas marcas en el suelo de madera: eran **ARAÑAZOS**... ¿quizá marcas dejadas por las cadenas del fantasma?

Observé que Benjamín tomaba apuntes en su cuaderno con aire misterioso.

AH, ESTOS RATONES INTELECTUALES...

𝔈ra entrada la noche. Yo quería irme a dormir (estaba exhausto) pero mi hermana Tea no me dejó.

—¡He venido a fotografiar un fantasma y lo fotografiaré! Y los fantasmas salen por las **NOCHES**, ¿sabes?

Trampita sonrió:

—Pero ¿qué quieres que sepa él de fantasmas...? Creo que ha comido demasiado queso, se ha adormilado, ha tenido **UNA PESADILLA** y ahora se imagina que ha visto un fantasma... Además, ya se sabe, los roedores intelectuales tienen tanta

(demasiada) imaginación que ven muchos (demasiados) fantasmas...

Protesté:

—Ya estoy harto. ¡Me voy a dormir, ustedes hagan lo que quieran!

Me dirigí decidido hacia la habitación de Zamparratas, entré y cerré la puerta.

Justo cuando me acababa de tender en la cama, oí de nuevo el crujido, CREEEEC...

Y luego un maullido...

¡El fantasma blanco de Zamparratas salió por detrás del librero!

Me hizo una mueca y desapareció de inmediato.

Yo grité a todo pulmón.

—¡Auxiliooooooooooooo!

Ah, ¡cómo me habría gustado estar en mi casa!

Pocos segundos después Tea abrió la puerta.

—¿Dónde está? ¿Dónde está esta vez, eh?

Yo señalé el librero, pero... ¡por mil quesos

de bola! ¡El fantasma había desaparecido!
Ahora Tea estaba fuera de sí.

—¡Basta ya, Geronimo, no me gusta que se burlen de mí!

Trampita se reía.

—Creo que el primo Geronimo, como todos los escritores, tiene tanta **fantasía** que es... ¡¡¡demasiada!!!

Benjamín, por el contrario, señaló un rastro de polvo blanco en el suelo, al lado del librero. Lo probé con la punta de un dedo: ¡era *harina*!

Con aire misterioso, Benjamín volvió a tomar apuntes en su cuaderno.

LA MOMIA DEL SARCÓFAGO

—¡Yo en esta habitación no vuelvo a dormir! —decidí.

Tomé una almohada y una cobija y me cambié a la armería.

Allí me dormí profundamente.

Estaba roncando tranquilo cuando, de repente, oí de nuevo el crujido:

CREEEEC...

Me desperté justo a tiempo para oír otro ruido, ahora amortiguado, como si algo blando se arrastrara por el suelo. Encendí la vela que tenía a mi lado.

—¿Benjamín? ¿Eres tú, Benjamín? —pregunté somnoliento. Pero nadie me respondió...

Levanté la vela para ver mejor.

Entorné los ojos.

—Pero eso..., eso es... ¡¡¡una **MOMIA**!!!

La momia avanzaba un paso tras otro. Detrás de ella había un sarcófago abierto.

—Auxilio... ¡Auxiliooooooo!

Ah, ¡cómo me habría gustado estar en mi casa!

Grité de nuevo a todo pulmón.

Esta vez Tea llegó en seguida: comprendí que se había instalado en el pasillo.

—A ver, ¿qué pasa ahora? —preguntó mi hermana con suspicacia.

Esta vez yo estaba totalmente seguro de mí y anuncié con aire triunfante:

—Mira allí... ¿La ves?

Tea entrecerró los ojos y exclamó:

—¿Qué? ¿Qué TENDRÍA que ESTAR VIENDO?

Yo me voltée, estupefacto.

La momia avanzaba un paso tras otro...

—¡La momia! Allí, al fondo, donde están las **armaduras**.  Entonces me di cuenta de que la momia y el sarcófago habían desaparecido. Corrí hacia el librero: ¡nada!

—**Es imposible..., es completamente imposible...** —farfullé confuso.

Tea me jaló de una oreja.

—¡Geronimooooo! ¿Y bien? Primero dices que has visto un fantasma, ahora una momia... ¿A qué jugamos?

Benjamín examinó toda la habitación y me señaló un pequeño trozo de papel higiénico que había quedado atrapado en una esquina del librero. Después tomó notas en su cuaderno, con aire misterioso.

LA VERDADERA
SEÑORA DEL CASTILLO

Tomé la cobija y la almohada y, veloz como un rayo, me deslicé afuera.

Ah, ¡cómo me habría gustado estar en mi casa!

Mientras me iba, oí a mi primo Trampita reírse:

—Conque una momia, ¿eh? La próxima vez quién sabe qué te inventarás, ¿eh, Geronimo? ¡Tienes mucha (**demasiada**) fantasía!

Se me rizaban los bigotes de rabia.

¿Cómo se atrevía a tratarme como a un alucinado? ¡Yo nunca miento!

¡Todos los que me conocen lo saben!

Soy un auténtico *gentilratón*...

Llevando en alto un candelero que me envolvía

en un tenebroso resplandor, recorrí el pasillo. Me TEMBLABAN los bigotes de miedo... Finalmente me metí en un dormitorio con una cama tapizada de rositas amarillas. Era al menos el doble de grande que los demás dormitorios del castillo. La cama con dosel era enorme y las cortinas también estaban bordadas con rositas amarillas... Era preciosa, lástima que estuviese tan rota.

En el aire flotaba un ligero perfume de rosas. Sobre la chimenea, un imponente retra-

to en un marco dorado: era la marquesa *Zampachicha Miaumiau*, que sonreía satisfecha, rodeada de hijos, nietos y bisnietos. Miré a mi alrededor: se notaba en seguida que la habitación había pertenecido a la verdadera señora del castillo. Encima de la cómoda, totalmente roída por la humedad, había un busto de mármol con la inscripción:

«LA MARQUESA MADRE».

En la mesita de noche, otro busto, esta vez de bronce, y también una pequeña reproducción en plata del castillo con la leyenda «Aquí mando yo (es decir, mamá)». En las pare-

des, cartas escritas a la marquesa por los felinos más importantes de la época: duques, príncipes, reyes, emperadores...

Todas las cartas empezaban así:

«A la Excelentísima, Eminentísima, Tremendísima Marquesa Madre Zampachicha Miaumiau...».

Había muchos objetos antiguos curiosos, como una pequeña jaula de oro y esmalte con la inscripción: «A nuestra querida Mamá, de sus devotos hijos, nietos y bisnietos».

También vi una espléndida corona de oro

macizo, decorada con felinos rampantes, incrustada de rubíes grandes como la uña de un ratón. ¡Era la **corona** de la marquesa!

Entre tanto objeto dedicado a la marquesa descubrí además una pequeña, pequeñísima MINIATURA, que representaba un felino delgadito, de expresión muy tímida.

Su nombre estaba escrito tan pequeño que tuve que examinar la miniatura de cerca, a la luz de la vela.

Leí en voz alta:

MI DIFUNTO MARIDO
MARQUÉS FELINO FELÍNEZ
(1720-1760)

Humm, la marquesa era viuda, de ahí que ella fuera la verdadera y única señora del castillo

y de aquella inmensa y complicada familia...
Encontré asimismo un cojincito polvoriento,
bordado con puntadas minúsculas, completamente decorado con rositas amarillas, en el
que se leía esta frase:

En el castillo manda mamá...
Pórtense muy bien
y nada de bromitas, si no,
¡les pisaré las colitas!

UN MISTERIO
EN EL ESPEJO

Coloqué la vela sobre la cómoda y me metí bajo la cobija.

Cerré los ojos e intenté dormirme, pero un pensamiento continuaba en mi mente: ¡aquella era Noche de Brujas! *¡Halloween!*

Me estremecí.

Pensé:

—¡Yo no creo en esas tontas supersticiones...!

Para infundirme valor, repetí en voz alta:

—¡Yo no creo en esas tontas supersticiones...!

Oí un crujido: CREEEEC...

Entonces, una voz maullante exclamó:

—¡¡¡Bravo, no crees en esas tontas supersticiones!!!

Ji ji ji... ji ji ji... ji ji ji... ji ji ji ji ji ji...

Se me erizó el pelaje del miedo.

—¿¿¿Qui... quién es??? —exclamé.

Ah, ¡cómo me habría gustado estar en mi casa!

Una luz se encendió en la esquina más **OSCURA** de la habitación, justo donde se encontraba el estante lleno de libros.

Allí vi una figura femenina que llevaba un sombrero en forma de cono. Vestía unas faldas negras hasta el suelo, zapatones puntiagudos y unas medias a rayas blancas y rojas. Agarraba con fuerza una escoba. ¿Sería una escoba voladora?

El sombrero de ala ancha me impedía verla bien, pero intuí que tenía nariz felina, larga y picuda, con una verruga justo en la punta de la nariz, y su pelaje era completamente rojo y erizado.

—¿¿¿Qui... quién es??? —exclamé.

Observé mejor las garras que agarraban la escoba: las uñas eran larguísimas y estaban muy afiladas.

¡Brrrrrrr!

¡¡¡Era una **bruja**!!!

El espejo que había cerca de mí reflejó su imagen con claridad.

La bruja se rió y canturreó:

—Ojo al mal de ojo, porque te puedo convertir en piojo...

Luego prosiguió:

—Bueno, bueno, bueno..., veo aquí a un ratoncito bien gordito... ¿Y si hago con él albondiguillas? ¿O una salsita para el asado? ¿O un buen caldito caliente, espeso y aromático? Podría utilizar su pellejo para hacerme unos mallones, sus uñitas para hacerme un brazalete, sus dientecitos para hacerme un collar, sus blanditas orejitas para hacerme un sombrerito, sus bigotitos

para hacerme un cepillito para las uñas...
Ji ji ji... ji ji ji... ji ji ji... ji ji ji ji ji ji...
Yo me metí rápidamente bajo la colcha y
grité:

—¡Auxilioooo!

Treinta segundos después, Tea abría la puerta.

—¿Has visto un fantasma?

—¡No, no, he visto una **bruja**!

—No importa, para la exclusiva también me
sirve una bruja. Pero ¿dónde está?

Temblando, señalé la esquina más oscura de
la habitación, y mi hermana, que no tiene
miedo de nada ni de nadie, se lanzó
hacia allí armada con la cámara
fotográfica.

—¿Dónde estás? Ven aquí,
anda, que sólo quiero to-
marte una foto... —exclamó
apresurada.

Yo la observaba todavía bajo

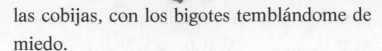

las cobijas, con los bigotes temblándome de miedo.

Tea miró por todos lados, pero de la bruja no quedaba ni la **SOMBRA**.

¡TE QUIERO MUCHO, TÍO GERONIMO!

Mi hermana Tea se acercó a la cama con expresión amenazadora.

—¡Geronimo! Dime, ¿cuánto queso has comido esta noche?

Yo farfullé:

—¡Poco, poquísimo te lo aseguro!

Trampita apareció en la puerta y dijo con una sonrisita:

—Pero ¿qué dice? En mi opinión se ha hartado de **gorgonzola** (que es especialmente indigesto), le ha caído mal y ha soñado quién sabe qué:

fantasmas, momias, brujas, etcétera... eh, Geronimo es un ratón intelectual, y tiene tanta (**demasiada**) fantasía...

Yo protesté:

—Pero ¡si el gorgonzola ni siquiera lo he probado!

Él prosiguió, descarado:

—¡Vaya! ¡Aún peor! ¡Te has ido a la cama con el estómago vacío, y entonces has empezado a dar vueltas y más vueltas pensando y pensando, y como tienes tanta (**demasiada**) fantasía, este es el resultado...

Benjamín observaba el suelo, la alfombra y la cómoda que se encontraba en la esquina más oscura de la habitación. Se acercó a mí y me murmuró:

—Dime, tío, ¿estás seguro de haber visto a la bruja reflejada en el espejo?

reflejada en el espejo

Yo grité, exasperado:

—¡Sí, estoy seguro! ¡Se-gu-ro! ¡Segurísimo! Al menos tú me crees, ¿no?

Benjamín me dio un besito en la punta de los bigotes.

—¡Pues claro que te creo, tío! ¡Yo siempre te creo! ¡Sé que nunca dices mentiras!

Lo abracé fuerte.

—Perdóname, *quesito mío*, sobrinito de mi corazón..., no puedo entender qué está pasando. ¡Te aseguro que no he inventado nada!

Benjamín murmuró:

—¡YO TE CREO, TÍO, TE CREO!

Me fijé en que de nuevo tomaba notas en su cuaderno con aire misterioso.

Benjamín murmuró:

—¡Yo te creo, tío, te creo!

¡¡¡CHIQUITO PERO MATÓN!!!

Finalmente se fueron todos.

Yo me quedé en la habitación, reflexionando.

Me repetía:

—Debo calmarme, no hay nada de qué preocuparse, todo es normal. **¡TODO ESTÁ BAJO CONTROL!**

Ah, ¡cómo me habría gustado estar en mi casa!

En aquel instante, por la ventana entró un extraño búho completamente gris, que se posó en el borde de la chimenea.

El búho abrió el pico y ululó:

—¡Eh, tú, cara de queso!

Yo me quedé con un palmo de narices.

El búho empezó a cantar:

—*De la bruja soy el servidor*
y le obedezco con candor,
¡soy un búho amaestrado
soy un búho maleducado!
Sé hablar, sé cantar,
las fórmulas mágicas recitar,
soy búho peleón
¡¡¡soy chiquito
pero matón!!!
¡¡¡Y si aquí me quedo
será para darte miedo!!!
¡Uh-uh! ¡Uh-uh! ¡Uh-uh!

Entonces se fue, entre un **torbellino** de plumas.

Mientras revoloteaba oí un extraño sonido mecánico: **tlac tlac tlac tlac tlac**...

Deseaba gritar para pedir ayuda, de hecho, ya había abierto la boca, pero después la cerré de golpe. No quería volver a oír que me lo

había inventado todo. Así que esperé a que se fuera el búho y me deslicé afuera de la cama. Salí por la puerta y fui a buscar a Benjamín, el único que me creía.

¡Mi querido Benjamín!

¡Él sí me quiere!

EL MISTERIO DE LA PLUMA DE POLLO

Le conté a Benjamín todo lo que había pasado. Él me escuchó con paciencia, sin interrumpirme.

Entonces murmuró, abrazándome afectuoso.

—¡Te creo, tío!

Examinó con detenimiento la cornisa de la ventana y la chimenea.

Recogió una pluma que se encontraba sobre la alfombra, cerca de la chimenea, la observó con una lupa de aumento y murmuró:

—Humm, una pluma blanca..., probablemente de pollo..., pero está **pintada de gris**..., interesante...

Preguntó:

—Tío, ¿me dijiste que oíste un extraño ruido mientras volaba?

¿Tlac-tlac? ¿Tlac-tlac? ¿Tlac-tlac?

A continuación estudió las intrincadas telarañas que poblaban la chimenea y murmuró:

—Tantas telarañas y ni una sola araña... Humm...

Advertí que tomaba notas en su cuaderno con aire misterioso.

UNA CAPA
DE SEDA ESCARLATA

Ya era de mañana, pero yo tenía un sueño tremendo porque no había pegado el ojo en toda la noche.

Así que decidí irme a dormir, aunque no en aquella habitación..., ¡brrrrrrr!

Subí una escalera que llevaba a la torre más alta. Abrí una puerta y me vi en una sala de paredes rojas.

El suelo era de madera, pero había sido barnizado de rojo.

También eran rojas las cortinas de terciopelo de las ventanas, roja la cubierta de bordado **antiguo** de la cama con dosel...

Me tiré en la cama. Estaba tan exhausto que cerré los ojos de inmediato para dormir.

Sin embargo, pocos minutos después oí un extraño zumbido.

Abrí los ojos y vi **SOMBRAS** danzando en el techo abovedado...

¡Eran sombras de murciélagos!

Ah, ¡cómo me habría gustado estar en mi casa!

De repente, divisé una sombra más grande que las demás que se acercaba a la cama...

El zumbido continuó...

La sombra desplegó las alas y vi una figura envuelta en una capa de seda escarlata.

¡Era un gato vampiro! Me sonrió, y en su sonrisa descubrí ¡unos afilados colmillos!

¡UN VAMPiroooooo!

Desapareció en un instante. La puerta se abrió y entró Benjamín:

—¡Tío! ¡Tío Geronimo! ¿Qué pasó?

—¡Oí un zumbido y luego aparecieron en el techo unas sombras de murciélagos! Y entonces vi un vampiro...

Benjamín estaba perplejo.

—Humm, ¿un **zumbido**? ¿Sombras en el techo?

Entonces miró por la ventana y murmuró:

—¡Un vampiro! Sin embargo, el sol ya está en el horizonte. Son casi las ocho de la mañana.

Recogió un cable del suelo.

—Humm..., mira, mira, un cable y un contacto...

Vi que Benjamín tomaba apuntes con aire misterioso en su cuaderno.

UN CABLE Y UN CONTACTO ELÉCTRICO...

? QUERIDOS AMIGOS ROEDORES..., ¿YA LO ENTENDIERON?

Todavía tenía sueño, sin embargo, ya había comprendido una cosa: ¡en ese castillo me sería imposible pegar el ojo!

Con un **suspiro** me levanté definitivamente de la cama y bajé la escalera, seguido por Benjamín.

Justo a media escalera encontré una etiqueta

tirada en el suelo. Unas pocas letras estaban borradas. Lo recogí y lo examiné junto a Benjamín.

He aquí lo que decía:

Benjamín me miró a los ojos y me dijo:

—Tío, ¿tú piensas lo mismo que yo?

Yo murmuré:

—¡Sí, sí, sobrino! También yo tengo una **sospecha**...

Benjamín agarró el cuaderno donde había tomado todas sus notas y dijo:

—Pues empecemos desde el principio. Pri-

E_ R_TÓN BURL_N
TI_NDA D_ BR_MAS
Y D_SFR_CES
P_RA C_RN_VAL
Y HA_LOW_EN

mero examinemos la planta del castillo Miaumiau. Se nota en seguida que los espíritus
se han materializado sólo cerca de los libreros...

QUERIDOS AMIGOS ROEDORES, ¿TAMBIÉN USTE-
DES HAN DESCUBIERTO LA VERDAD? RECUERDEN
LO QUE HAN LEÍDO HASTA AHORA. ¡¡¡EN LAS PÁGI-
NAS SUCESIVAS REVELAREMOS LA SOLUCIÓN DEL
MISTERIO!!!

Planta del Castillo Miaumiau

1. *Estatuas de felinos rampantes*
2. *Vestíbulo*
3. *Salón de baile*
4. *Terraza*
5. *Torre*
6. *Jardín*
7. *Huerto*
8. *Invernadero*
9. *Escalera*
10. *Cocina*
11. *Torre*
12. *Biblioteca*
13. *Escalinata al piso superior*
14. *Armería*
15. *Habitación de Zamparratas Miaumiau*
16. *Habitación donde Zamparratas hacía experimentos mágicos*
17. *Habitación de la Marquesa Madre Zampachicha Miaumiau*
18. *Habitación de Zampamoscas Miaumiau*
19. *Habitación de Zamparrosa Miaumiau*

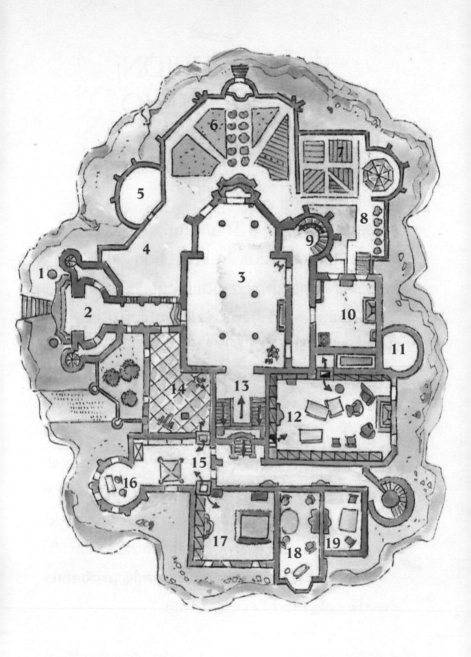

LA SOLUCIÓN
DEL MISTERIO

Avisamos a Tea y a Trampita.

Nos reunimos todos en la biblioteca.

Yo tomé la palabra rápidamente:

—Benjamín y yo hemos descubierto la solución a este **misterio**.

Entonces recapitulamos, partiendo del principio:

1 Yo descubro un esqueleto de rata colgado en el armario de la cocina. Cuando llega Tea, el esqueleto ha desaparecido, pero en el armario encontramos un clavo misterioso... **¡¡¡de donde probablemente colgaba el esqueleto!!!**

2 Aparece el fantasma en la biblioteca por primera vez, detrás de un librero. Cuando el fantasma aparece y desaparece se oye un crujido: *creeeec...* ¡¡¡**como si se abriera un pasadizo secreto!!!**

3 Subiendo la escalera me doy cuenta de que el cuadro de Zamparratas parece seguirme con la mirada. De hecho, el cuadro tiene dos agujeros en el lugar de los ojos: ¡¡¡**alguien me estaba observando!!!**

4 El fantasma aparece de nuevo en el laboratorio de Zamparratas: ¡¡¡**se manifiesta sólo cerca de los libreros porque ahí se esconden los pasadizos secretos que le permiten apa-**

recer y desaparecer como por arte de magia!!!

5 El fantasma aparece otra vez en la biblioteca. Benjamín se da cuenta de que
hay huellas en el suelo de madera... **Pero si fuera
un fantasma de verdad, ¡¡¡no dejaría huellas!!!**

6 El fantasma reaparece saliendo siempre detrás de los libreros..., **pero ¡¡¡esta
vez encontramos huellas de harina en el
suelo!!!**

7 En la armería aparece la momia.
Benjamín encuentra un trocito de
papel higiénico atrapado en una
esquina del librero. **¿Quién se ha
envuelto en papel higiénico para parecer una
momia?**

8 En la habitación de Zampachicha aparece la bruja. Pero atención: **¡¡¡las brujas de verdad no se reflejan en los espejos!!!**

9 Aparece un búho mágico... pero ¿por qué se oye tlac-tlac cuando bate las alas? ¿Y por qué encontramos una pluma de pollo pintada de gris? **¡¡¡Porque en realidad se trata de un búho mecánico!!!**

10 Aparecen sombras de murciélagos, después un vampiro... Pero ¿por qué se oye un extraño zumbido? **¡¡¡Porque son imágenes proyectadas en la pared!!!** Por eso encontramos un cable en el suelo. Además, si fuese un vampiro, **¿¿¿por qué aparece después del amanecer???**

Por otro lado, el castillo está lleno de telarañas..., pero no hay una sola araña, ¡¡¡**porque son telarañas de mentira!!!**

11 Hemos encontrado una extraña etiqueta en el suelo. Intenten completar las letras que faltan:

E_ R_TÓN BURL_N
TI_NDA D_ BR_MAS
Y D_SFR_CES
P_RA C_RN_VAL
Y HA_LOW_EN

EL RATÓN BURLÓN
TIENDA DE BROMAS
Y DISFRACES
PARA CARNAVAL
Y HALLOWEEN

¿Lo entienden ahora?

Alguien se ha abastecido de bromas y efectos especiales para hacernos creer que el castillo estaba habitado por fantasmas. ¡¡¡Sólo nos falta descubrir **quién** y **por qué**!!!

¿A QUÉ ESTAMOS JUGANDO?

Trampita gritó:

—¿Qué? ¿Qué? ¿Qué? ¿Quieres decir que alguien ha estado burlándose de nosotros hasta ahora? ¡Subraza de roedor, subproducto de rata de alcantarilla, subespecie de rata apestosa! ¡Si lo pesco le arranco los bigotes uno a uno, le muerdo la oreja, le hago un nudo en la cola!

Tea refunfuñó:

—No será tarea fácil atrapar a ese bandido de roedor..., ¡desaparece siempre a la *velocidad de la luz*!

En aquel momento oí un ruido detrás del estante de los libros de historia.

—¡Esta vez no te me escapas! —exclamé lanzándome rápidamente contra el librero.

Solté un grito... pero, esta vez, de sorpresa, no de miedo.

De hecho, detrás del librero había alguien, pero ¡¡¡era un gato, no un ratón!!!

De hecho, era un gatito pequeño, pequeñísimo, poco más grande que Benjamín.

Trampita lo agarró por la cola y exclamó:

—Y bien, travieso, ¿a qué estamos jugando, eh?

El gatito maulló asustado:

—Ejem, yo, en realidad...

ZAMPUCHO
Y ZAMPITA

El minino murmuró:

—Siento haberlos asustado. Pero ¡me veo obligado a hacerlo! Hace tiempo que hago creer que el castillo está **encantado** porque así no se acerca nadie...

—¿Cómoooo? ¡Explícate mejor! —dijo Tea.

El gatito prosiguió:

—Me llamo Zampucho Miaumiau. Mi hermana Zampita y yo somos los únicos descendientes de la familia Miaumiau. Desde que nos quedamos solos hemos tenido dificultades: el castillo es enorme y necesita composturas. Deberíamos arreglar el techo, pintar las paredes, reparar las ventanas..., pero ¡no podemos permitírnoslo! Muchos nos han ofrecido comprarnos el castillo e incluso nos han amenazado, aprovechándose de que somos pequeños, pero ¡nosotros no queremos vender el castillo de la familia! Esperábamos que inventándonos esta historia de los **fantasmas** mantendríamos alejado a todo el mundo...

Yo me aclaré la voz:

—Antes que nada me presento: mi nombre es Stilton, *Geronimo Stilton*...

Entonces le puse una pata en el hombro:

—Zampucho, me has asustado de verdad, pero ahora entiendo por qué. Cuenta conmigo, ¡yo siempre defiendo a los pequeños que necesitan ayuda!

Tea sugirió a Zampucho:

—Tengo una idea: ¿por qué no transformamos el castillo en un museo-parque de atracciones? Será divertido para el público visitar la sala, la armería, admirar las pinturas, e incluso experimentar los escalofríos producidos por un fantasma, una bruja, una momia, un vampiro...

El gatito estaba entusiasmado.

—¡Qué bien! ¡Sería fantástico!

Entonces se volvió hacia mí.

—Pero ¿tú me ayudarías? —me preguntó tímidamente.

Yo le acaricié las orejitas.

—Claro que te ayudaré. ¿Por qué no vas a buscar a tu hermanita?

Él empujó un tomo del librero y, de repente...

... ¡EL LIBRERO GIRÓ SOBRE SÍ MISMO REVELANDO UN PASADIZO SECRETO!

—¿Ahora entiendes cómo conseguíamos aparecer y desaparecer en pocos segundos? ¡Gracias a los pasadizos secretos detrás de los libreros! —explicó él, satisfecho.

Del pasadizo secreto salió una gaTiTa de pelaje de color miel que se parecía mucho a Zampucho.

—Buenos días, yo soy Zampita Miaumiau —maulló educada.

—¿ME ENSEÑAS TU CASTILLO? —le preguntó Benjamín.

—¡Será un placer! —respondió ella—. ¡Qué bonito es tener amigos! Sabes, estamos siempre tan solos en este **castillo**, Zampucho y yo...

Yo exclamé:

—¡Yo los ayudaré a resolver sus problemas! ¡Palabra de roedor!

Entonces sonreí a Zampucho:

—No te preocupes por que tú seas un gato y

yo un ratón..., ¿quién ha dicho que ratones y felinos no pueden ser amigos?

Vi que Benjamín y Zampita se iban a la cocina a merendar tomados de la pata y charlando alegres.

¿Eh? ¿Quién ha dicho que ratones y felinos no pueden ser amigos? Qué bonito sería si en este mundo todos nos quisiéramos de verdad y fuésemos *amables* los unos con los otros. Sería un mundo maravilloso, un mundo más feliz... ¿quizá algún día? Después de todo, depende sólo de nosotros...

LA NOCHE DE HALLOWEEN, UN AÑO DESPUÉS

Ha pasado exactamente un año desde aquella mágica noche de Halloween, y a partir de entonces han sucedido tantas cosas...

El castillo Miaumiau ha sido completamente restaurado: cada día hay fila para visitar la preciosa galería de los antepasados, la espléndida armería, el inmenso salón de baile con los frescos de sus techos...

Pero sobre todo para asistir a los increíbles efectos especiales organizados por Zampucho: ¡¡¡el fantasma de Zamparratas Miaumiau, la Momia, la Bruja, el Vampiro!!!

Zampucho y Zampita Miaumiau son *felices*.
Ah, a propósito, ¡se han convertido en los mejores amigos de Benjamín!

Como les iba diciendo, hoy es 31 de octubre.
Esta será la noche de *Halloween*, ¡Noche de Brujas!

Mi familia y yo vamos al castillo Miaumiau para pasar esta noche mágica. Justo en este instante Benjamín me está diciendo:

—¡Tío, ya verás cómo nos divertiremos! Zampucho ha preparado muchos efectos especiales nuevos: esqueletos fosforescentes, fantasmas sin cabeza, gatos licántropos...

Yo sonrío y hago como si nada, pero (a ustedes se los puedo confesar) tengo un poco de miedo.

No soy un ratón valiente...

Ah, ¡cómo me habría gustado estar en mi casa!

ÍNDICE

Geronimo Stilton

Mi nombre es Stilton, Geronimo Stilton

Geronimo Stilton

En busca de la maravilla perdida

Geronimo Stilton

El misterioso manuscrito de Nostrarratus

Geronimo Stilton

La sonrisa de Mona Ratisa

Geronimo Stilton

El galeón de los gatos piratas

Geronimo Stilton

¡Quita esas patas, cara de queso!

Geronimo Stilton

El amor es como el queso

Geronimo Stilton

El castillo de Zampachicha Miaumiau

Geronimo Stilton

¡Agárrense los bigotes... que llega Ratigoni!

Geronimo Stilton

El castillo de
Roca Tacaña

Geronimo Stilton

Un disparatado viaje
a Ratikistán

Geronimo Stilton

La carrera más loca
del mundo

Geronimo Stilton

El misterio
del tesoro desaparecido

Geronimo Stilton

Cuatro ratones
en la Selva Negra

Geronimo Stilton

El fantasma del metro

NO TE PIERDAS MIS HISTORIAS DIVERTIDÍSIMAS.
¡PALABRA DE GERONIMO STILTON!

Geronimo Stilton

Marca en la casilla correspondiente los títulos que tienes y los que te faltan para completar la colección

- SÍ NO **1.** Mi nombre es Stilton, Geronimo Stilton
- SÍ NO **2.** En busca de la maravilla perdida
- SÍ NO **3.** El misterioso manuscrito de Nostrarratus
- SÍ NO **4.** El castillo de Roca Tacaña
- SÍ NO **5.** Un disparatado viaje a Ratikistán
- SÍ NO **6.** La carrera más loca del mundo
- SÍ NO **7.** La sonrisa de Mona Ratisa
- SÍ NO **8.** El galeón de los gatos piratas
- SÍ NO **9.** ¡Quita esas patas, cara de queso!
- SÍ NO **10.** El misterio del tesoro desaparecido
- SÍ NO **11.** Cuatro ratones en la Selva Negra
- SÍ NO **12.** El fantasma del metro
- SÍ NO **13.** El amor es como el queso
- SÍ NO **14.** El castillo de Zampachicha Miaumiau
- SÍ NO **15.** ¡Agárrense los bigotes… que llega Ratigoni!

EL ECO DEL ROEDOR
1. Entrada
2. Imprenta (aquí se imprimen los libros y los periódicos)
3. Administración
4. Redacción (aquí trabajan redactores, diseñadores gráficos, ilustradores)
5. Despacho de Geronimo Stilton
6. Helipuerto

Ratonia, la Ciudad de los Ratones

1. Zona industrial de Ratonia
2. Fábricas de queso
3. Aeropuerto
4. Radio y televisión
5. Mercado del Queso
6. Mercado del Pescado
7. Ayuntamiento
8. Castillo de Pipirisnais
9. Las siete colinas de Ratonia
10. Estación de Ferrocarril
11. Centro comercial
12. Cine
13. Gimnasio
14. Sala de conciertos
15. Plaza de la Piedra Cantarina
16. Teatro Fetuchini
17. Gran Hotel
18. Hospital
19. Jardín Botánico
20. Bazar de la Pulga Coja
21. Estacionamiento
22. Museo de Arte Moderno
23. Universidad y Biblioteca
24. «La Gaceta del Ratón»
25. «El Eco del Roedor»
26. Casa de Trampita
27. Barrio de la Moda
28. Restaurante El Queso de Oro
29. Centro de Protección del Mar y del Medio Ambiente
30. Capitanía
31. Estadio
32. Campo de golf
33. Piscina
34. Canchas de tenis
35. Parque de atracciones
36. Casa de Geronimo
37. Barrio de los anticuarios
38. Librería
39. Astilleros
40. Casa de Tea
41. Puerto
42. Faro
43. Estatua de la Libertad

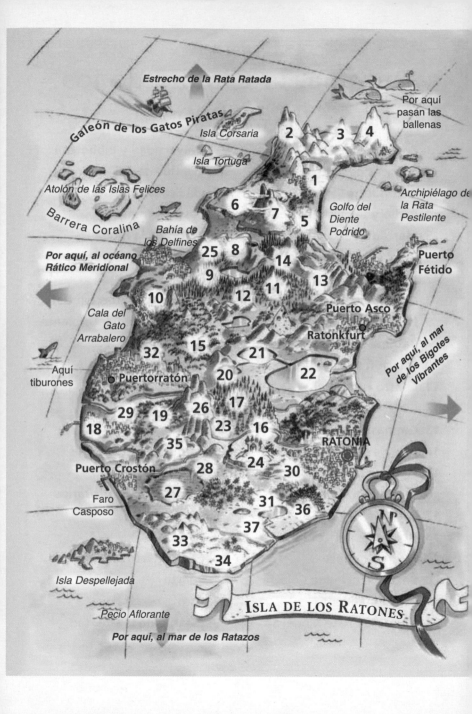

La Isla de los Ratones

1. Gran Lago Helado
2. Pico del Pelaje Helado
3. Pico Tremendoglaciarzote
4. Pico Quetecongelas
5. Ratikistán
6. Transratonia
7. Pico Vampiro
8. Volcán Ratífero
9. Lago Sulfuroso
10. Paso del Gatocansado
11. Pico Apestoso
12. Bosque Oscuro
13. Valle de los Vampiros Vanidosos
14. Pico Escalofrioso
15. Paso de la Línea de Sombra

16. Roca Tacaña
17. Parque Nacional para la Defensa de la Naturaleza
18. Las Ratoneras Marinas
19. Bosque de los Fósiles
20. Lago Lago
21. Lago Lagolago
22. Lago Lagolagolago
23. Roca Tapioca
24. Castillo Miaumiau
25. Valle de las Secuoyas Gigantes
26. Fuente Fundida
27. Ciénagas sulfurosas
28. Géiser
29. Valle de los Ratones
30. Valle de las Ratas
31. Pantano de los Mosquitos
32. Roca Cabrales
33. Desierto del Ráthara
34. Oasis del Camello Baboso
35. Cumbre Cumbrosa
36. Jungla Negra
37. Río Mosquito

Queridos amigos roedores,
hasta el próximo libro.
Otro libro padrísimo
palabra de Stilton, de...

Geronimo Stilton